*Un agradecimiento especial a Michael Ford*

*A Art Gould*

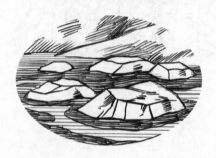

DESTINO INFANTIL Y JUVENIL, 2015
infoinfantilyjuvenil@planeta.es
www.planetadelibrosinfantilyjuvenil.com
www.planetadelibros.com
Editado por Editorial Planeta, S. A.

© de la traducción: Macarena Salas, 2014

Título original: *Komodo. The Lizard King*
© del texto: Beast Quest Limited 2010
© de la ilustración de cubierta e ilustraciones interiores:
Steve Sims - Orchard Books 2010
© Editorial Planeta, S. A., 2015
Avda. Diagonal, 662-664, 08034 Barcelona
Primera edición: julio de 2015
ISBN: 978-84-08-14297-7
Depósito legal: B. 13.460-2015
Impreso por Liberdúplex, S. L.
Impreso en España – Printed in Spain

El papel utilizado para la impresión de este libro es cien por cien libre de
cloro y está calificado como **papel ecológico**.

# KOMODO,
# EL REY LAGARTO

## ADAM BLADE

¡*S*aludos, jóvenes guerreros!

Tom ha decidido emprender una nueva Búsqueda y tengo el honor de ayudarlo con la magia que me enseñó el mejor maestro, Aduro. Los retos a los que se enfrentará Tom serán muy grandes: un nuevo reino, una madre perdida y seis nuevas Fieras bajo el maleficio de Velmal. Tom no sólo luchará para salvar el reino; deberá luchar para salvar las vidas de las personas más cercanas a él y demostrar que el amor puede vencer al odio. ¿Será cierto? La única manera de comprobarlo es mantener el tesón y la llama de la esperanza encendida. Siempre y cuando el viento no la apague...

Marc, el aprendiz

# PRÓLOGO

Badawi se tapó la boca y la nariz con su bufanda y continuó su marcha a través del torbellino que se había levantado sobre el desierto helado de Kayonia. Los granos de arena, fríos como el hielo, se le clavaban en los ojos. A su alrededor, los miembros de su tribu se esforzaban por seguir avanzando, abrigados por sus pieles. Ese día, la travesía había sido muy dura para la caravana de personas y animales, y estaban todos agotados.

Todos los años emprendían el mismo viaje a tierras más cálidas, donde podrían hacer trueques con sus pieles y metales preciosos en el mercado, y todos los años el viaje era igual de duro.

«Y pensar que hay gente que dice que el calor de algunos desiertos es abrasador», pensó Badawi.

Sabía que conseguirían atravesar el desierto en un día o dos y que una vez que llegaran al otro lado, los caballos podrían pastar tranquilamente.

«Si es que lo conseguimos...»

Los robustos caballos de la tribu iban cargados de mercancías pesadas que tintineaban en sus arneses. El caballo de Badawi se movía más despacio que el resto. La infección por hongos de sus cascos empeoraba cada día.

Ya habían perdido dos yeguas durante el viaje y habían tenido que repartir su carga entre el resto de los caballos. Cuando la enfermedad de los cascos se extendía, a los caballos les resultaba imposible andar. No les quedaba otra opción que dejar atrás a los que desfallecían. Badawi sabía que si seguían perdiendo caballos, la tribu quedaría atrapada en el desierto.

Sólo había algo que podía curar la enfermedad: el Cactus Negro.

«Si no lo encontramos pronto —pensó Badawi con tristeza—, tendremos un grave problema.»

Sin sus caballos, no conseguirían llegar al mercado, y sin sus trueques, la tribu moriría de hambre.

Como siempre sucedía en Kayonia, la noche cayó repentinamente. La oscuridad descendió como un velo negro mientras dos de las tres lunas se elevaban en el cielo. El viento cesó. Badawi se apartó la bufanda de la boca y observó su aliento, que formaba nubes heladas.

En la parte de delante de la caravana se oyeron unos gritos y un murmullo que se fue extendiendo por todo el grupo.

—¡Lo encontramos! —dijo una voz.

Badawi sacó a su caballo de la caravana y lo llevó hacia al lugar que señalaba Erwin, el líder de la tribu. Vio una silueta bajo la órbita brillante de la tercera luna, una imagen que todos los de la tribu reconocían perfectamente.

El Cactus Negro.

Era tan alto como un hombre. Las ramas se extendían hacia el cielo como dedos, y cientos de espinas afiladas brillaban bajo la luz de la luna. Badawi desmontó y corrió por la arena todo lo rápido que pudo. Sólo necesitaba unas gotas del jugo del cactus para curar la

infección de su caballo. ¡La tribu estaba salvada!

Pero sus compañeros se detuvieron. Formaron un semicírculo a unos veinte pasos del cactus. Badawi se detuvo a su lado.

—¿Qué pasa? —preguntó.

Los hombres se miraron entre ellos y, por fin, Edwin habló.

—Ya sabes lo que dice el rumor —le

dijo—. El Cactus Negro está protegido por...

—¡Tonterías! —dijo Badawi—. Eso sólo son habladurías para asustar a los niños.

Nadie se movió.

—Muy bien —dijo Badawi—. Si ninguno de vosotros se atreve a coger un trozo del cactus, lo haré yo mismo.

Aun así, mientras se acercaba al cactus, observó con precaución el horizonte oscuro en búsqueda de posibles enemigos.

«Aquí sólo hay arena. ¡No hay ningún monstruo!»

Badawi sacó su cuchillo y se arrodilló al lado del cactus, cuya superficie brillaba como el ébano bajo la luz de la luna. Sus peligrosas espinas, largas como dedos, pero finas como agujas, sobresalían. Era difícil meter el cuchillo, pero Badawi encontró el sitio perfecto en una de las ramas más estrechas. Aserró la rama con el filo.

Un miembro de la tribu pegó un grito. Antes de que Badawi pudiera darse la vuelta, la arena que tenía bajo sus rodillas empezó a moverse.

Badawi salió disparado hacia el cactus y las espinas le rasgaron la manga y le arañaron el brazo. Respiró entre dientes intentando no gritar del dolor.

Los otros hombres de la tribu se alejaron de él, con una expresión de terror en la cara. El suelo volvió a moverse bajo sus pies, pero esta vez Badawi consiguió mantener el equilibrio. Tenía la mirada fija en la arena. De pronto, algo salió de la duna movediza al otro lado del cactus: una cabeza larga y oscura, con rayas naranja en sus inmensas mandíbulas. Le clavó la mirada de sus ojos saltones a Badawi mientras su cuerpo se arrastraba entre la arena. La

Fiera tenía el cuerpo y la cola cubiertos de verrugas naranja. Daba golpes en la arena con sus fuertes garras y sus musculosas patas traseras. Sacaba la lengua curva entre los labios, probando el aire y lanzando un silbido que sonaba como cuando un metal caliente toca el agua. A Badawi se le heló la sangre.

Las habladurías eran ciertas. ¡*Komodo* existía!

La Fiera movió su inmensa cola y se abalanzó hacia Badawi. El hombre cayó hacia atrás y perdió su cuchillo. Oyó los gritos de terror del resto de la tribu que se alejaba corriendo.

*Komodo* se detuvo a unos pasos de Badawi y se elevó sobre sus patas traseras, tapando la luna. Lanzó un silbido hinchando la garganta y le salieron dos aletas de un intenso color rojo a ambos lados de la cara.

Las garras afiladas de *Komodo* rasgaron el aire. Badawi se agachó y se quedó inmóvil. Cuando la Fiera se abalanzó hacia él, los gritos de la tribu se extendieron por el desierto.

# CAPÍTULO UNO

# UN NUEVO REINO

Velmal se metió en el túnel con Freya, listo para abandonar el reino de Gwildor. Tom no podía creerse que ahora que por fin se había reunido con su madre, volvía a alejarse de ella. Freya le lanzó una mirada rápida antes de que Velmal tirara de ella con fuerza y ambos fueran absorbidos por el remolino.

—¡No! —gritó Tom corriendo hacia la

entrada de colores y asomándose a un abismo arcoíris. La entrada ya estaba empezando a desaparecer. Sintió la mano de Elena en su hombro que tiraba de él hacia atrás.

—¿Estás seguro de que quieres entrar? —le preguntó—. Ese túnel podría acabar en... cualquier lugar. Puede que nunca regreses a casa.

—¡Tengo que hacerlo! —gritó Tom mientras *Tormenta* y *Plata* se acercaban lentamente hacia ellos—. Freya es mi madre...

Elena asintió.

—Entonces te acompañaremos.

Los dos amigos se volvieron hacia el túnel.

—¿Lista? —preguntó Tom.

—Siempre —contestó Elena.

Tom saltó dentro del túnel mágico seguido de sus amigos. El paisaje desapareció y Tom se encontró dando vueltas en medio de un viento muy potente.

«Estoy cayendo», pensó. No, eso no tenía sentido. Abajo no había suelo.

Tom se dio la vuelta en el aire para ponerse boca arriba y observó los colores del arcoíris que giraban a su alrededor. El túnel era tan ancho como cuatro hombres tumbados. Algo le tocó el pie y se volvió.

—¡Elena!

—¡¿Adónde nos lleva, Tom?! —gritó su amiga haciendo un gran esfuerzo por pronunciar las palabras mientras el viento aullaba en su cara.

—No lo sé —admitió Tom. Elena tenía una expresión de confusión en la cara, pero no parecía asustada. Detrás de ella, *Tormenta* galopaba en el aire, con el extraño viento agitando su cola. *Plata* corría a su lado, jadeando y ladrando nervioso. Pero ¿dónde estaba Velmal? ¿Dónde estaba su madre?

Al volverse para mirar hacia delante, un destello morado le llamó la atención: la túnica de Velmal. El malvado brujo estaba un poco más allá, sujetando con fuerza el brazo de Freya. Su pelo negro se agitaba y la túnica de Velmal se movía en la corriente de aire.

—¡Tengo que rescatar a mi madre! —le gritó Tom a Elena. Se lanzó hacia el túnel de luz. Unas fuerzas invisibles chocaron contra su cuerpo, intentando empujarlo hacia los lados del túnel, pero Tom avanzó contra el viento como si estuviera lidiando con una tempestad, empujando con los hombros y los brazos para no caerse.

Le estaba ganando terreno a Velmal y alejándose de Elena y los animales. Apretó los dientes y se obligó a seguir avanzando por el túnel. El brujo malvado debió de sentir que se acercaba y lo miró por encima del hombro, sonriendo. Tom vio que su mano apretaba la muñeca de Freya.

—¡Suéltala! —gritó.

Velmal se rio.

—¡Nunca! Ella tomó una decisión y será mi sirviente para siempre.

El enemigo de Tom se enderezó y le lanzó un rayo. El muchacho levantó el escudo y notó el impacto de la explosión en la superficie de la madera. El ruido ensordecedor del golpe se le clavó en los tímpanos. Una nube de humo lo rodeó. La cara de Velmal se retorció de rabia.

—¡Necesitas más que eso para detenerme! —gritó Tom mientras seguía avanzando hacia delante, empujando con las piernas.

Velmal dio media vuelta y lanzó otra bola de fuego, pero esta vez no iba dirigida a Tom. Delante de él se abrió una entrada a un lado del túnel arcoíris. El

brujo malvado iba directo hacia allí, arrastrando con él a la madre de Tom.

Con una carcajada final, Velmal puso la mano en el borde de la abertura y se metió. La madre de Tom le lanzó una última mirada a su hijo mientras el brujo la arrastraba con él. En la boca de Freya se dibujó una sonrisa socarrona, y después, ella también desapareció.

A Tom se le llenó el corazón de dudas

mientras seguía avanzando por el túnel. A lo mejor lo que decía Velmal era cierto.

«¿Es demasiado tarde para rescatar a mi madre? —se preguntó—. ¿Estará su corazón oscurecido completamente por la magia oscura?»

Tom llegó al agujero justo cuando éste se cerró. Blandió su espada contra uno de los lados, pero era inútil, el filo atravesaba la pared multicolor como si fuera de agua. El chico lanzó un gruñido de frustración mientras el túnel mágico lo seguía arrastrando.

Elena apareció a su lado, entrecerrando los ojos por el viento y moviendo las piernas con fuerza para ganar velocidad. Se agarró a su brazo cuando una fuerte corriente amenazó con lanzarla contra la pared del túnel.

—¿Estás bien? —preguntó Tom.

De pronto, los colores de las paredes

empezaron a apagarse y Tom vio el cielo azul más adelante.

—¡¿Qué está pasando?! —gritó.

El túnel se evaporó completamente y sintió que la gravedad tiraba de él hacia abajo. Empezó a caer.

Aterrizó en el suelo y el golpe le sacó el aire de los pulmones mientras daba vueltas sin parar. Elena gritaba a su lado.

Tom levantó la vista y vio que *Tormenta* había aterrizado sin problemas y ahora trotaba por la hierba relinchando triunfante.

Se puso de pie y comprobó que no estaba herido. Agarró su escudo y su espada. A su alrededor se alzaban unas montañas en la distancia, y por encima, suspendido en el cielo, se veía un sol grande y pálido.

¿En qué extraño reino se encontraban?

Un leve gemido llegó a sus oídos.

—¡*Plata!* —gritó Elena corriendo hacia el sonido. Tom fue detrás de ella.

Encontraron a *Plata* tras de una loma cubierta de hierba. Estaba tumbado de lado, olisqueando cautelosamente su pata delantera y mirando dócilmente a Elena.

—¿Qué te ocurre, muchacho? —preguntó Elena. Cuando intentó tocarle la pata, el lobo gruñó de dolor y se movió un poco. Tom notó que el hueso de la parte inferior de la pata estaba doblado en un ángulo extraño.

»Tom —dijo Elena—. ¡Está rota!

# CAPÍTULO DOS

# BÚSQUEDA EN KAYONIA

Tom sacó la esmeralda de su cinturón. Sus poderes curativos los habían ayudado en otras ocasiones durante sus Búsquedas. Puso la esmeralda encima de la pata herida de *Plata* y la sujetó con la otra mano por debajo. El lobo miró hacia arriba y levantó el hocico lanzando un pequeño rugido. Elena le acarició la cabeza.

Pero no sucedió nada. La joya seguía fría y sin vida.

—¿Hay algún problema? —preguntó Elena.

Tom movió la cabeza.

—No funciona —dijo—. Es como si la magia estuviera... bloqueada.

—Pero tiene que funcionar —dijo Elena. Le quitó la joya a Tom de la mano y la puso más cerca de la pata rota. Nada. A *Plata* le temblaba el pelaje y recostó la cabeza en el suelo. A Elena se le llenaron los ojos de lágrimas de la frustración. Tom le quitó suavemente la esmeralda de la mano.

—Yo soy el único que puede usar las joyas —dijo con delicadeza—. Ya lo sabes.

—Entonces ¿por qué no funciona? —preguntó Elena dando un golpe en el suelo.

Tom volvió a acercar la joya a la pata y cerró los ojos.

«No puedo fallarle a Elena —pensó—. Nadie más puede salvar a *Plata*.» En ese momento, la joya empezó a vibrar en su mano.

—¡Sí! —gritó Elena—. ¡Tom, lo estás consiguiendo!

Tom abrió los ojos y vio que la pata de *Plata* se estaba enderezando. De la esmeralda salía una luz verde que iluminaba su cara y la de Elena. Su amiga se volvió hacia él con una sonrisa de alivio.

*Plata* flexionó la pata y después se levantó de un salto. Le lamió la cara a Tom, agradecido, y corrió haciendo círculos y ladrando de alegría. Tom sonrió a Elena, pero seguía preocupado. Era la primera vez que la magia fallaba. ¿Por qué? No se le ocurría ninguna razón.

Volvió a meter la esmeralda en el cinturón y miró a su alrededor en busca de alguna señal de Velmal o de Freya. Había colinas verdes hasta donde se perdía la vista, con pequeñas pilas de rocas de vez en cuando. El lugar se parecía a las llanuras de Avantia.

—¿Dónde estamos? —le preguntó Elena.

Tom se quitó el amuleto del cuello y le dio la vuelta. El mapa que mostraba el paisaje de Gwildor empezó a hacerse más borroso hasta desaparecer por completo. Después aparecieron unas nuevas líneas en la superficie del amuleto que mostraban la tierra y los caminos del nuevo reino. Unas letras aparecieron en la parte de arriba de la imagen, como si las estuviera escribiendo una mano invisible. Vio la palabra *KAYONIA*.

—¡Nunca había oído hablar de Kayonia! —dijo Elena.

—No hay ningún motivo para que hayas oído ese nombre —dijo una voz profunda.

«¿Padre?» Tom se dio la vuelta y vio las siluetas de Aduro y de Taladón, una al lado de la otra. La brisa sopló por encima de la hierba y el contorno de ambas figuras tembló y se desvaneció un poco. Detrás de ellos, Tom vio el trono del rey Hugo. Un sentimiento de soledad le atravesó el corazón como una flecha; le daba la sensación de que había pasado mucho tiempo desde que salió de su reino.

—Saludos, Tom y Elena —dijo Aduro—. Nos ha costado mucho encontraros. Os habéis alejado mucho de Gwildor.

Tom le habló del túnel y de cómo Velmal había escapado.

—Tú elegiste emprender esta Búsqueda, hijo mío —dijo Taladón—. Finalizarla depende de ti.

Al recordar a Freya, un sentimiento de rabia volvió a inundar al muchacho.

—¿Es que nunca pensabas contarme lo de mi madre? —exigió.

Taladón bajó la mirada.

—Hay mucho que debo contarte —le dijo—. Sobre Freya, sobre mí y sobre muchas otras cosas. Y algún día lo haré, te lo prometo.

—Tom, ya tendréis tiempo de hablar cuando regreses a Avantia —dijo muy serio Aduro—. Ahora debes concentrarte en tu Búsqueda.

Tom notó que la sensación de frustración iba desapareciendo al recordar que todas sus preguntas podían esperar. En este momento, Freya lo necesitaba.

—¿Qué debo hacer en esta nueva Búsqueda? —preguntó.

—La vida de tu madre está en tus manos, ésa es la verdad —dijo Taladón. Tom notó que su voz se quebraba al pronunciar la palabra «madre». «Todos estos años sin ella han tenido que ser muy duros para él», pensó.

Aduro continuó su explicación.

—Aquí, en Kayonia, hay seis Fieras de Velmal que guardan la llave de la recuperación de Freya... —La voz del brujo se hacía más débil a medida que la visión se desvanecía.

—¡Espera! —exclamó Tom—. Dime algo más.

El trono del rey Hugo desapareció. Taladón y Aduro se desvanecieron. Tom apenas oyó a Aduro, que le decía:

—No temas, Tom. Te enviaré a otro.

Después desaparecieron completamente.

Tom sintió la mano de Elena en el hombro.

—No te preocupes —dijo—. Todavía me tienes a mí.

El chico sonrió. No podía tener mejores compañeros en sus Búsquedas. Pero

¿qué quiso decir Aduro con «otro»? Tom sacó la brújula mágica de su túnica. La aguja se movía entre las palabras *Destino* y *Peligro*, sin detenerse en ninguna de ellas, como si estuviera controlada por una fuerza invisible. «Velmal», pensó preocupado. Ya sabía que en aquel lugar no podría confiar en la magia que tanto lo había ayudado en otras Búsquedas.

Volvió a consultar la brújula, pero la aguja se movía sin cesar.

—¿Qué quiere decir eso? —preguntó Elena.

Tom la miró a los ojos.

—Quiere decir que, de momento, estamos solos.

# CAPÍTULO TRES

# RUMBO AL DESIERTO HELADO

—No te preocupes —dijo Elena—. No necesitamos la brújula. Todavía tenemos el amuleto, y Aduro dijo que siempre podíamos confiar en él, ¿no?

Tom guardó rápidamente la brújula.

—Sí, así es —afirmó sonando más seguro de lo que realmente se sentía—. Y siempre que estemos juntos, Velmal no podrá enviarnos nada que nos detenga.

Se quitó el amuleto que llevaba colgado en el cuello y lo sujetó en la palma de su mano. El camino serpenteaba hacia el norte, hacia una zona de arenas desérticas movedizas.

—Qué raro —dijo Elena—. Normalmente los desiertos están al sur de los reinos, y en las zonas del norte hace más frío.

—Empiezo a pensar que en Kayonia no hay nada normal —indicó Tom. Mientras observaban el amuleto, se dibujó la silueta de un lagarto en medio de las arenas desérticas. A su lado apareció el nombre *Komodo*. Junto a él se veía la silueta de un cactus.

—Antes solía ir a cazar lagartos con mi tío —explicó Elena.

—Tengo el presentimiento de que éste no va a ser tan fácil de atrapar —dijo su amigo—. Venga, vamos.

Tom puso un pie en el estribo de *Tor-*

*menta* y se subió a la montura. Ayudó a Elena a subir detrás y sujetó las riendas suavemente. Su caballo movió la cabeza.

—Parece que *Tormenta* está deseando ponerse en camino. —Se rio.

Tom apretó las piernas en los flancos de *Tormenta* para que el caballo se pusiera al galope. *Plata* ya iba corriendo por delante, con su lengua rosada colgando a un lado de la boca. No le quedaba ni rastro de su lesión.

El terreno era montañoso, pero el camino era plano, y Tom sabía que *Tormenta* evitaría cualquier obstáculo que se pusiera en su camino. Eso le daba tiempo para pensar: ¿quién sería este nuevo ayudante que Aduro le iba a enviar?

Tom y sus compañeros avanzaron a buena velocidad hacia el norte. Cuando llegaron a un riachuelo, el chico dejó que *Tormenta* bebiera. *Plata* lamió el agua con ganas al lado del caballo.

—Si seguimos a esta marcha —dijo Tom—, pronto llegaremos a la siguiente Fiera.

De pronto, el sol de Kayonia pasó de tener un color amarillo intenso a un naranja cálido, como la yema de un huevo. Se movía rápidamente por el cielo, poniéndose rojo.

—¡Nunca había visto al sol moverse tan rápido! —exclamó Elena.

Tom tragó saliva. Su amiga tenía razón: cuando vieron a Taladón y a Aduro, el sol estaba en su punto más alto. Ahora la temperatura había bajado aún más, y los dos amigos tenían que hacer un esfuerzo para poder ver entre los débiles rayos de sol. Cuando Tom se bajó de la silla, el horizonte ya se había tragado la órbita brillante. El sol se había puesto en menos tiempo del que tardó Tom en llenar su cantimplora de agua.

Mientras el sudor de su frente se enfriaba, el cielo se volvió completamente negro. Tom apenas podía ver a Elena en la oscuridad. El sonido de los pájaros cesó por completo y *Plata* gimió asustado.

—¿Y ahora qué? —preguntó Elena.

—Supongo que debemos intentar dormir —contestó el muchacho—. Si se hace de noche tan rápido, quién sabe cuándo volverá a aparecer el sol.

Tom tocó a tientas la silla de *Tormenta* y acarició el cuello del caballo. Después

sacó dos mantas de sus alforjas y le pasó una a Elena, que parecía una sombra.

Como no veían nada, no había manera de hacer una hoguera ni de encontrar leña. Tom se sentó en el duro suelo y oyó a Elena que se movía intranquila a su lado.

—¿Crees que alguna vez volveremos a ver Avantia? —preguntó su amiga. Su voz sonaba débil en la oscuridad.

—Eso espero —contestó Tom observando las tres lunas que habían aparecido sobre las llanuras—. Pero de algo sí estoy seguro —añadió—. Si seguimos siendo fuertes, tendremos una oportunidad de vencer a Velmal.

Un pequeño brillo blanco apareció en la oscuridad cuando *Plata* bostezó mostrando sus colmillos.

A Tom le sonaban las tripas mientras miraba las lunas plateadas que estaban suspendidas en el cielo como monedas;

planeaban lentamente en el cielo haciendo un arco. No había estrellas.

«¿Adónde se habrá llevado Velmal a mi madre?», se preguntó Tom. La sonrisa retorcida del malvado brujo brillaba en su mente como un faro.

—Mientras la sangre corra por mis venas —susurró dándose la vuelta para dormir—, le haré pagar por lo que ha hecho.

# CAPÍTULO CUATRO

# UN VIEJO AMIGO

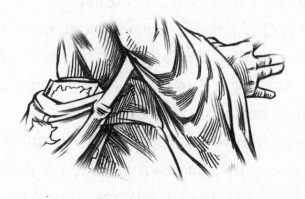

Unos haces de luz atravesaron los párpados de Tom, haciendo que se desper-
tara. Tom se puso en tensión, cogió su
espada y se levantó. Entrecerró los ojos
para ver su improvisado campamento. El sol se estaba elevando en el cielo azul a una velocidad increíble, como
si fuera una burbuja subiendo en el
agua.

*Tormenta* relinchó y movió las crines confundido. Elena estaba delante, en el suelo, enterrando la cara en su brazo para protegerse los ojos. Tom envainó la espada y despertó a su amiga.

—¿Qué pasa? —dijo ella adormecida.

—¡Mira! —exclamó Tom señalando hacia el cielo. Cuando Elena se sentó, el sol ya brillaba sobre ambos.

—¿Cuánto tiempo hemos dormido? —preguntó ella mientras *Plata* le daba golpecitos con el hocico en el cuello.

—No lo sé —reconoció Tom estirando los brazos—. Pero no ha sido una noche normal, en absoluto.

De pronto, *Plata* retrocedió y empezó a gruñir. Tom y Elena se volvieron. En la orilla del riachuelo vieron una figura de pie que miraba en dirección contraria. Al darse la vuelta, Tom puso la mano en su espada, pero después se relajó. «¡Esa cara me suena!», pensó.

—¡Marc! —gritó Elena.

El aprendiz de Aduro sonrió.

—¿Qué haces aquí? —preguntó Tom sorprendido.

Marc miró el agua que le pasaba por encima de los pies.

—¡Vaya! —dijo frunciendo el ceño—.

Parece que mi magia no es del todo perfecta.

Tom y Elena se rieron mientras el aprendiz de brujo salía del agua. A pesar de haber estado en el riachuelo espumoso, tenía los pies secos como la yesca.

«Está claro que ser brujo tiene sus ventajas», pensó Tom.

—Y para contestar a tu pregunta —continuó Marc—, me envió mi maestro.

—Así que eso es a lo que Aduro se refería cuando dijo que enviaría a otro —dijo Elena.

La sonrisa de Marc se desvaneció y su tono de voz se volvió más serio.

—Me temo que vengo para quedarme un buen tiempo —dijo—. Estoy viviendo en el castillo de la reina guerrera, la... —se detuvo—, la que manda en este reino.

—Algo me dice que no es tan simple como lo que cuentas —dijo Tom.

Marc asintió.

—Ahora que Velmal está aquí, la reina Romaine teme que su trono esté en peligro. ¿Por qué otro motivo iba a venir aquí el Brujo malvado? Yo estoy intentando ayudarla a trazar un plan para que se pueda defender de un posible ataque. No es cuestión de si va a atacar o no, es cuestión de cuándo lo hará.

—¿Y qué pasa con Freya? —preguntó Tom. No pudo evitar decir esas palabras. Quería salvar Kayonia, pero también estaba desesperado por ayudar a su madre—. ¿Qué va a pasar con... mi madre?

Marc bajó la vista.

—Dímelo —dijo Tom—. Por favor.

—Me temo que ahora el destino de tu madre está en manos de Velmal —replicó Marc—. Con mi magia he podido ver que está muy enferma.

Tom apretó los puños. Sospechaba que algo le pasaba cuando vio la mirada de su madre.

—Continúa —le pidió.

Marc lo miró a los ojos.

—No pierdas la esperanza, Tom —le dijo—. Hay una manera de ayudar a Freya, una medicina que combate el veneno que la infecta.

A Tom le latió el corazón un poco más rápido.

—¿Dónde está esa medicina? Iré a donde haga falta, haré lo que sea...

—No es sólo una cosa —dijo Marc muy serio—. Son seis. Seis ingredientes mágicos. Si conseguimos hacer una poción con todos ellos, tendremos la cura.

Tom envainó la espada.

—Entonces nuestra misión está clara.

—Velmal no te permitirá completar esta misión tan fácilmente —le avisó Marc—. Ya te lo advirtieron Aduro y Taladón: en Kayonia también hay Fieras, Fieras muy malvadas que protegen los ingredientes.

—Ya nos hemos enfrentado a muchas Fieras antes —dijo Tom—. Esta vez no será diferente.

—Tiene razón —dijo Elena.

Marc sonrió.

—Entonces, buena suerte, héroes de Avantia. —Se desvaneció un poco, como si se perdiera en una nube—. Ahora debo irme, pero antes de que se me olvide... —Marc metió la mano en su túnica y sacó un pequeño saco—. Aquí tenéis algo de comida para que os alimentéis un poco durante esta Búsqueda.

Le lanzó el saco a Tom y éste lo cogió en el aire.

—Gracias —dijo, pero cuando miró hacia arriba, Marc ya se había ido.

Tom abrió el saco y vio que dentro había pan fresco recién hecho en un horno muy lejano. También había carne seca y tres manzanas. Le dio el pan a Elena y su amiga lo partió. Después él mordió una manzana y dejó que el jugo le llenara la boca. Era lo primero que comían en dos días.

Le dio una de las dos manzanas que quedaban a *Tormenta*.

—Toma, muchacho, te mereces un premio —dijo—. No siempre vas a comer hierba.

Elena le lanzó un poco de carne a *Plata* y el lobo se abalanzó y la devoró agradecido. El resto de la comida lo guardaron para más adelante.

—Quién sabe cuándo volveremos a encontrar más comida —dijo Tom.

Después de beber agua del riachuelo y llenar sus cantimploras, el placer de haber comido desapareció y la mente de Tom volvió a centrarse en la Búsqueda.

Debían enfrentarse a nuevas Fieras, como siempre. Pero esta vez su misión era más importante.

Tom puso el pie en el estribo de *Tormenta* y se subió a la montura.

Elena debió de sentir su preocupación.

—¿Estás bien, Tom? —le preguntó mientras se subía detrás.

Él agarró las riendas y dirigió a *Tormenta* hacia el camino.

—Estoy bien. Tengo que estarlo —le dijo—. La vida de mi madre depende de mí. No puedo defraudarla.

# CAPÍTULO CINCO

# UN ENCUENTRO PELIGROSO

*Tormenta* tenía los flancos empapados de sudor, pero Tom no lo dejó descansar. Su Búsqueda era demasiado importante y sabía que *Tormenta* era fuerte y quería que su dueño se sintiera orgulloso de él. El ruido de los cascos era ensordecedor y Tom agradecía no tener que hablar. No podía borrar de su mente la pálida cara de su madre. Para ayudarla, tendría que vencer antes a seis Fieras. Seis nuevas batallas en las que iba a arriesgar su vida.

«Lucharé contra las Fieras de Velmal todas las veces que sea necesario», se prometió a sí mismo.

El aïre silbaba en sus oídos y se fue haciendo cada vez más frío. Volvió a consultar el mapa para asegurarse de que seguían por el camino correcto.

—Algo no anda bien —dijo Elena tiritando detrás de Tom—. Si estuviéramos yendo hacia un desierto, ¿no debería estar el aire cada vez más caliente?

*Plata* corría a su lado y no parecía tener problemas, ya que su grueso pelaje lo protegía de los inviernos más duros, pero Tom también tiritaba.

—Yo tampoco lo entiendo —dijo—. Pero tenemos que seguir el mapa.

Continuaron avanzando, con el viento helado atravesando la túnica de Tom.

Tenía la carne de gallina, los nudillos blancos de agarrar las riendas y los dedos entumecidos como garras. Elena lo abrazaba con fuerza por detrás para compartir el calor de su cuerpo. Por fin llegaron a la cima de una colina y por primera vez avistaron el desierto de Kayonia.

La arena se perdía en el horizonte: una extensión de terreno vacía y sombría. Los granos de arena eran prácticamente negros y se levantaban formando nubes con la brisa del desierto. Tom oía el viento que aullaba como un lobo solitario.

—¡Mira! —dijo Elena señalando hacia una ladera.

Tom vio una caravana de carretas y carromatos cubiertos, y una hoguera de la que salía una nube de humo. Había algunas personas reunidas alrededor de las llamas para entrar en calor, mientras otras recorrían el pequeño campamento comprobando que los caballos estaban bien. Todos llevaban abrigos de pieles hasta los tobillos, gorros y bufandas que les protegían la cara.

—A lo mejor nos pueden vender algo de ropa —sugirió Tom.

—Si es que son amables —contestó Elena nerviosa.

Una o dos personas observaron a los dos amigos, pero ninguna se acercó a ellos.

—No nos queda otra opción —dijo Tom dirigiendo a *Tormenta* hacia el campamento. *Plata* iba a su lado, jadeando después de la larga carrera.

Algunas de las personas de la tribu se pusieron de pie cuando Tom apareció trotando por la loma con sus compañeros. Un hombre se acercó y se apartó la bufanda de la cara. Tenía la barba gris, los ojos cansados y la cara delgada.

«Debe de ser el líder», pensó Tom. Hizo que *Tormenta* se detuviera.

—Hola —le dijo al desconocido. Tenía tanto frío que no pudo evitar el castañeteo de los dientes.

—Saludos, viajeros —contestó el anciano de la tribu—. ¿Qué os trae por aquí?

—Estamos buscando algo en el desierto —explicó Tom—. Y abrigos de piel si nos podéis vender alguno.

El hombre pareció relajarse.

—Os podemos vender abrigos de piel —dijo—, siempre y cuando el precio sea el correcto. Pero en el desierto lo único que hay es muerte. Seguidme.

Los dos amigos desmontaron y Tom llevó a *Tormenta* de las riendas a través del campamento. Los otros miembros de la tribu los observaban. *Plata* trotaba silenciosamente al lado de Elena. El anciano quitó la lona que cubría uno de los carros y cogió dos abrigos hechos con distintas pieles.

—Éstos deberían iros bien —dijo—. ¿Cómo me vais a pagar?

Tom miró a Elena. Su amiga tenía los labios morados de frío. Elena buscó debajo de su túnica y sacó tres de las monedas de oro que habían encontrado en la Jungla Arcoíris. Con las manos temblorosas, se las dio al hombre. Él las cogió y las mordió una por una antes de asentir satisfecho.

—Tu oro es bueno —dijo, y les dio los abrigos. Tom le pasó uno a Elena y él se puso el otro. La expresión del hombre volvió a hacerse dura. Estaba claro que no los iba a invitar a calentarse en el fuego de la hoguera.

Tom dio media vuelta para irse, pero Elena se había quedado mirando a los caballos que tenían cerca. Algunos parecían estar enfermos y movían agitadamente los cascos.

—¿Qué les pasa a los caballos? —preguntó.

—Casi todos están enfermos —dijo el hombre—. Una infección por hongos en los cascos.

Mientras los observaban, uno de los caballos se cayó de lado y se le pusieron los ojos en blanco. Su aliento formaba nubes en el aire al permanecer tumbado en el suelo helado. «Si ese caballo se queda ahí mucho tiempo, morirá congelado», pensó Tom.

—¡Pobre! —dijo Elena corriendo al lado del caballo—. ¿No se puede hacer nada?

—No —dijo el hombre—. ¿Por qué crees que estamos aquí sin poder irnos a ningún lado?

A Elena se le llenaron los ojos de lágrimas mientras acariciaba el hocico del animal.

—Tom, tienes que usar el espolón —le dijo—. Es la única manera...

—¿El espolón? —dijo el hombre.

Otros miembros de la tribu se acercaron a él.

—¿Qué pasa, Edwin? —dijo una mujer—. ¿Es que este chico puede curar a nuestros caballos?

Tom miró a Elena, que se había puesto roja. No podía culparla por revelar el secreto, ya que ella sólo había pensado en los animales. El espolón de *Epos* curaba los cortes y los golpes. ¿Podría también curar una infección? Aunque fuera así, Tom sabía que su magia no siempre funcionaba en ese reino, y quién sabía lo que haría esa gente si pensaba que les estaba haciendo perder el tiempo...

«No me queda otra opción», pensó.

—Intentaré ayudar —dijo sacando el

espolón de su escudo. Una o dos personas del grupo susurraron nerviosas. Tom se arrodilló en la arena negra y helada y puso el espolón encima del casco herido del caballo. Cerró los ojos y se concentró en pasar el poder curativo de la magia.

Pero no ocurrió nada.

Tom lo intentó de nuevo, aunque sabía que la magia no estaba funcionando. Abrió los ojos.

—Lo siento —dijo mirando las caras ansiosas de la multitud.

La mujer que había hablado antes resopló.

—¡Fanfarronadas!

Mientras Tom volvía a meter el espolón en el escudo, algunas personas se quedaron mirando su cinturón, en el que llevaba las joyas brillantes de sus Búsquedas anteriores. Los ojos de la gente brillaban con codicia.

—Vamos, Elena —dijo Tom—. Tenemos que irnos.

Los dos amigos se pusieron de pie y se alejaron del grupo de nómadas, pasando entre sus carros y carretas. Nadie intentó seguirlos. Tom empezaba a pensar que conseguirían salir sin problemas.

—Tendría que haberme imaginado que la magia no iba a funcionar —le murmuró a Elena—. No sé ni por qué lo intenté.

De pronto, oyó el silbido de una daga que alguien había desenfundado detrás de él.

—¡Tom! —gritó Elena.

El muchacho se dio la vuelta y vio a un hombre que había agarrado a su amiga por el brazo y le apuntaba al cuello con la daga. Era un hombre joven, pero con el pecho y los brazos musculosos. *Plata* gruñó y mostró los dientes, aunque sabía que no debía atacar.

—Vosotros no vais a ninguna parte
—dijo el hombre. El filo de su arma brillaba amenazante bajo la luz del sol. Si
Tom no reaccionaba inmediatamente,
¡Elena podría morir!

# CAPÍTULO SEIS

# EL CACTUS NEGRO

—¿Qué quieres? —preguntó Tom.

El hombre entrecerró los ojos.

—Para empezar, ese cinturón —dijo señalando con la barbilla las joyas que llevaba Tom en la cintura—. Por esas piedras nos darán bastante dinero, y a lo mejor hasta nos da para comprar medicinas para los caballos.

El resto de la gente se aglomeró detrás

de Tom. Los tenían rodeados y el chico sabía muy bien que esa gente estaba desesperada.

—No os puedo dar mi cinturón —dijo. Sin el poder de las seis joyas, nunca podría completar su nueva Búsqueda. Su madre acabaría para siempre en manos de Velmal.

—Entonces la chica morirá —dijo el hombre. El hombre apretó el filo de su daga y un hilo de sangre empezó a bajar por el cuello de Elena.

—¡No se lo des! —dijo Elena—. ¡No te rindas, Tom!

«No tengo otra opción.» Tom tomó aire con fuerza y empezó a desabrocharse la hebilla del cinturón.

—¡Espera! —dijo Elena. Su amiga miraba a alguien en la multitud que estaba detrás de él. Tom se dio la vuelta.

El anciano con el que habían hablado antes dio unos pasos hacia delante. Enderezó los hombros e hizo una breve inclinación de cabeza al hombre que sujetaba a Elena.

—¿Eres el líder de esta tribu? —preguntó Elena.

—Sí —dijo el hombre—. Me llamo Edwin.

—¿Por qué no nos dejas que te ayudemos a curar a tus caballos? —dijo Elena—. ¿No es eso lo que quieres?

«¿Qué está tramando? —se preguntó Tom—. Yo ya lo intenté una vez y no funcionó.»

—Ya nos habéis demostrado que vuestra magia no sirve para nada —dijo Edwin—. ¿Por qué iba a creerte ahora?

—Podemos ayudaros a encontrar la medicina que necesitáis —dijo Elena. Le lanzó una mirada a Tom como preguntando: «¿Podemos?».

La mujer que había hablado antes resopló.

—Tú no puedes hacer nada, muchachita —dijo—. Lo que necesitamos es el Cactus Negro.

«¡El Cactus Negro! —pensó Tom recordando la imagen que había visto en el amuleto—. Es el mismo ingrediente que buscamos nosotros.» Tenía que pensar rápidamente.

—Yo puedo conseguiros el Cactus Negro —dijo.

Algunos miembros de la tribu soltaron una carcajada.

—Tú no puedes ni acercarte al Cactus Negro —se burló el hombre que sujetaba a Elena—. Nosotros ya hemos perdido a un hombre por intentarlo.

Un murmullo de asentimiento se oyó entre la multitud.

—¡Mátala! —gritó alguien.

—Está bien —dijo Tom rápidamente dando un paso adelante—. Os daré el cinturón.

—¡No! —gritó Elena. Tom la ignoró.
Se le había ocurrido un plan.

Se desató el cinturón y lo lanzó, haciendo un arco por el aire, hacia el hombre que sujetaba a Elena. Tal y como esperaba, el hombre soltó a la muchacha y alargó la mano para cogerlo. Ella aprovechó el momento, apretó los dientes y

le pegó un codazo en el estómago con todas sus fuerzas. Con un grito, el hombre se dobló.

Tom se puso en acción. Le dio un golpe al hombre en la mano con el escudo para quitarle la daga y después le pegó una patada en las piernas haciendo que se cayera. Entre la multitud salió alguien para atacar a Tom, pero éste ya había cogido la daga y le apuntaba al pecho.

—¡Atrás! —gritó el chico.

La multitud dudó. Elena se puso al lado de Tom con el arco listo para disparar. *Plata* se agachó cerca de sus piernas gruñendo.

—Buen trabajo —dijo Tom.

—Gracias —susurró Elena.

Tom miró con rabia al hombre que había sujetado antes a Elena, pero su ira se fue calmando.

—Por favor —rogó el hombre—. No me mates.

Tom se volvió hacia la multitud. Parecían muy asustados. «Estas personas no son malas —pensó—. Sólo están desesperadas por sobrevivir.»

Se enderezó y clavó la daga en el suelo, entre él y la gente de la tribu.

—Hemos venido en son de paz —le dijo—. Y nos iremos de la misma manera.

Edwin avanzó unos pasos.

—Siento que nos hayamos comportado así —dijo muy serio—. Por favor, entended que estamos desesperados. Sin nuestros caballos no podemos llegar al mercado, y nuestra tribu morirá aquí en el desierto.

Tom miró a Elena, y su amiga bajó el arco.

—¿No los podemos ayudar? —preguntó Elena en voz baja.

Todavía le sangraba el cuello, y al verlo, Tom volvió a sentir una oleada de rabia. «¡Esta gente intentó robarnos!» Pero después oyó un relincho suave de *Tormenta* y al darse la vuelta para mirarlo, vio que su caballo se había acercado al caballo que estaba en el suelo y lo tocaba con sus ollares.

—Muy bien —le dijo a la multitud—. Os dije que os conseguiría el Cactus Negro y no estaba mintiendo. Os vamos a ayudar.

—Gracias —dijo Edwin. Sacó las tres monedas de oro que le había dado Elena y las sujetó en la palma de su mano—. Tomadlas de vuelta. Es todo lo que os podemos ofrecer.

Tom negó con la cabeza. Ellos necesitaban el dinero mucho más que él.

—Vamos —le dijo tranquilamente a Elena mientras se ponía el cinturón—. Tenemos una Búsqueda que completar.

# CAPÍTULO SIETE

# TRAVESÍA POR EL DESIERTO

Una vez que se hubo subido a la montura de *Tormenta*, Tom miró el amuleto y dirigió a su caballo hacia el Cactus Negro y, según el mapa, también hacia la Fiera.

—Nunca había estado en un desierto tan frío —dijo Elena detrás de él. Tom se volvió y vio que su amiga tenía los labios morados. El sol era un disco pálido en el cielo y apenas calentaba el aire.

—¡Hace incluso más frío que en las Llanuras Heladas de Avantia! —contestó Tom, abrigándose con las pieles para tapar los huecos por donde entraba el aire helado.

Las palabras del hombre de la tribu resonaban en su cabeza: «Ya hemos perdido a un hombre». Se preguntó si la causa de esa muerte habría sido accidental o se debió a algo más siniestro. ¿Qué tipo de Fiera sería *Komodo*?

Siguieron su travesía por el desierto, pero se vieron obligados a detenerse. Los cascos de *Tormenta* resbalaban en la arena negra y Tom no podía arriesgarse a que su caballo sufriera una lesión. La gente de la tribu había dicho que sin sus caballos no podían hacer nada. Lo mismo le pasaría a él.

El aire de pronto se volvió sombrío. Tom se volvió y vio que el sol que tenía por detrás descendía como una piedra.

«¡Otra vez no!»

De nuevo, el reino de Kayonia se vio envuelto en la oscuridad y la temperatura bajó más todavía. *Plata* soltó un aullido de protesta y el sonido se propagó por el desierto vacío.

—¿Y ahora qué? —preguntó Elena.

—Vamos a dormir —dijo Tom bajándose de la silla. Se dejó caer en la arena y sintió los granos de arena como cristales de hielo bajo sus dedos—. Menos mal que tenemos estas pieles —continuó mientras Elena se sentaba a su lado. Extendió una piel en el suelo y se tumbó con las manos detrás de la cabeza. El frío le llegaba a los huesos. Dos de las tres lunas ya habían salido y brillaban en la oscuridad. La tercera se estaba formando lentamente, como si fuera un fantasma.

*Plata* se acurrucó entre ambos. El calor de su pelaje era reconfortante.

—Rescataremos a Freya —dijo Elena—. No te preocupes.

En momentos como ése, Tom estaba agradecido de tener una amiga como Elena.

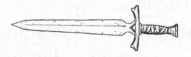

El amanecer fue repentino y brillante. A Tom le sorprendió que hubiera sido capaz de dormir.

Mientras cargaba las pieles en las alforjas, notó que le rugía el estómago.

«Ahora no es el momento de comer», se dijo a sí mismo.

Él y Elena se subieron a *Tormenta* y, una vez en la silla, Tom sacó el amuleto y lo giró para ver el mapa que había en la otra cara. Vio que el camino que habían estado siguiendo ya estaba más cerca de la pequeña imagen de *Komodo*.

—Ya casi hemos llegado —dijo—. ¡Vamos a enfrentarnos a esta nueva Fiera!

Puso a *Tormenta* al trote y *Plata* corrió a su lado, dejando huellas profundas en la arena negra. Todavía hacía frío, pero el viento había cesado y el frío no era tan intenso. Poco tiempo más tarde, vieron una fila de siluetas en el horizonte.

—¿Serán más nómadas? —preguntó nerviosa Elena.

Tom negó con la cabeza.

—No, no se mueven —dijo sin detener a *Tormenta*.

Al acercarse a las siluetas, Tom comprobó que no se trataba de personas. Eran unas extrañas plantas de diferentes tamaños, negras como el carbón. Una o dos de ellas eran igual de altas que un hombre, pero las otras eran mucho más grandes y se alzaban sobre las dunas. Tenían las ramas rectas y parecía como si estuvieran chamuscadas por el fuego.

Sus espinas plateadas brillaban bajo los fríos rayos del sol y tenían colgando témpanos de hielo como cristales.

—¡Los Cactus Negros! —dijo Tom.

—Son preciosos —dijo Elena.

Tom se bajó de la montura de un salto y corrió hacia la primera planta, avanzando sobre la arena blanda.

—¡Ten cuidado! —le advirtió su amiga—. A lo mejor deberíamos consultar el amuleto para ver dónde está la Fiera.

Tom apenas la oyó. ¡Habían encontrado el ingrediente que iban buscando!

Desenvainó la espada y apoyó el filo contra una rama delgada. Iba a ser muy fácil. Ahora lo único que tenían que hacer era encontrar los otros cinco ingredientes y su madre volvería a estar bien...

De pronto, a Tom le pareció ver algo con el rabillo del ojo y se dio la vuelta. ¡Demasiado tarde! Una especie de serpiente se abalanzó sobre él y enrolló su cuerpo en la empuñadura de su espalda.

—¡Tom! —gritó Elena.

No, no era una serpiente. Tom se esforzaba por sujetar la espada mientras el tentáculo brillante y rojo intentaba arrebatársela.

«¡Es una lengua!»

Tom se resbaló en la arena y se vio forzado a soltar la empuñadura de su arma. Antes de poder volver a ponerse de pie, la lengua desapareció en la arena, llevándose su valiosa espada con ella.

—¡¿Qué era eso?! —le gritó a Elena, que ya estaba cargando una flecha en su arco. *Plata* se movía nervioso a su lado.

De pronto, la tierra tembló bajo los pies de Tom, y el chico tuvo que hacer un gran esfuerzo por mantenerse en pie. El desierto parecía moverse. Algo

extraño de color naranja salió a la superficie: una cola larga y retorcida con
manchas negras. Después apareció el
inmenso cuerpo musculoso de un lagarto. Tenía la piel llena de verrugas.
Clavaba las garras de sus patas delanteras en la arena mientras salía de su es-
condite. Sus dos patas traseras acaba-
ban en espolones como dagas. La Fiera

asomó la cabeza entre las dunas, enviando una ducha de arena sobre Tom.

La criatura no tenía párpados en sus ojos, que lo observaban con furia. La Fiera saltó en el aire, clavando la mirada en Tom. Emitió un sonido entre un graznido y un rugido, e hinchó la garganta como la vela de un barco, mostrando un brillo escarlata.

Elena soltó un grito y su amigo retrocedió.

¡Era *Komodo*!

Tom buscó su espada, pero no la veía por ninguna parte. Estaba enterrada en la arena helada.

La lengua de *Komodo*, roja como la piel quemada, entraba y salía, probando el aire. Cuando la sombra de la Fiera cayó sobre Tom, éste sabía que *Komodo* podía sentir su temor. El miedo le recorría el cuerpo. ¿Sería capaz de sobrevivir al encuentro con esa Fiera?

# CAPÍTULO OCHO

# EL REY LAGARTO

Tom consiguió apartarse justo a tiempo, y el cuerpo escamoso de *Komodo* cayó en la arena. Un segundo más tarde y la Fiera hubiera reducido todos sus huesos a cenizas.

Se puso de pie y se volvió para asegurarse de que sus amigos estaban a salvo. *Tormenta* pateaba la arena con sus patas delanteras y *Plata* estaba en posición de alerta cerca del caballo. «¿Dónde está Elena?», se preguntó.

La Fiera se puso delante de él. Sin su espada, ¿estaría todo perdido?

Un silbido atravesó el aire, pero no provenía del lagarto gigante. *Komodo* de pronto se retorció y empezó a rugir de dolor, levantándose sobre las patas traseras y revelando su tripa amarilla cubierta de suaves escamas. Tom vio el eje de una flecha que salía de la parte de arriba de su cola.

—¡Tom! —gritó Elena—. ¡Coge esto!

Mientras *Komodo* silbaba amenazante, el muchacho miró hacia arriba y vio algo que se dirigía hacia él dando vueltas en el aire. Lo cogió por el mango y sintió un destello de alivio.

«El cuchillo de caza de Elena.»

Tiró la funda de cuero a un lado. Ahora por lo menos tenía un arma. La Fiera volvió a levantarse, ondulando su piel, pero esta vez Tom estaba preparado. Se lanzó hacia delante, intentando clavar el cuchillo en la barriga descubierta de *Komodo*.

Una de sus garras bloqueó el ataque de Tom y el cuchillo se le escapó de la mano y cayó en la arena. Sintió un dolor inmenso en el brazo, apenas podía moverlo.

«Ahora todo lo que tengo es mi escudo», pensó.

Tom se lo quitó del hombro y lo puso en el brazo izquierdo. *Komodo* abrió la boca, revelando unos dientes más afilados que las espinas del Cactus. Sus ojos brillaban de odio, y detrás de sus pupilas negras sólo se veía la maldad. La Fiera era una creación de Velmal, sin lugar a dudas.

*Komodo* lo embistió con su cabeza plana y Tom bloqueó el impacto con el escudo. Era como si lo hubiera embestido un toro. El golpe lo hizo salir rodando.

Tom no sabía cómo librarse de él. Si

por lo menos consiguiera alejarse, tendría una oportunidad. Fue hacia la derecha y cuando *Komodo* volvió a atacar, él giró a la izquierda intentando ponerse detrás del lagarto gigante. *Komodo* se volvió, moviendo su inmensa cola como un látigo hacia la cabeza de Tom, quien se agachó y rodó por debajo. Cuando volvió a levantarse, *Komodo* ya se había dado la vuelta.

Pero esta vez la Fiera no lo atacó. Movió los ojos hacia un lado y Tom se dio cuenta de que él ya no era el objeto de su atención.

*Komodo* tenía la mirada clavada en *Plata* y *Tormenta*.

Con una potente zancada de sus patas traseras, *Komodo* se dirigió hacia los animales, sacando y metiendo la lengua con hambre. Su cola musculosa se movía de un lado a otro, dejando huellas en la arena negra.

—¡No! —gritó Tom persiguiéndolo.

*Plata* avanzó valiente y se plantó firmemente entre *Komodo* y el caballo. Pero era inútil.

«Es como un ratón enfrentándose a un gato», pensó Tom desesperado.

A unos pocos pasos de los animales estaba Elena disparando una flecha tras otra hacia la Fiera, que seguía avanzando. Pero sus escamas cubiertas de verrugas eran tan gruesas como una cota de malla, y las flechas rebotaban inútilmente. La furia del lagarto aumentaba con cada flecha que lanzaba Elena.

—¡Oye! —gritó Tom—. ¡Detente! Es a mí a quien quieres.

*Komodo* siguió avanzando por la arena negra.

—Maldito Velmal —añadió el chico desesperado.

Sus palabras provocaron una reacción

inmediata. *Komodo* se quedó en su sitio y se volvió lentamente.

—¡Sabía que eras una criatura de Velmal! —gritó Tom.

Elena corrió hacia *Tormenta* y *Plata*. Agarró las riendas del caballo y lo alejó para ponerlo a salvo.

*Komodo* fue hacia Tom y el chico corrió en dirección contraria para que lo siguiera. Sabía que luchar contra él en la arena era prácticamente imposible. Con cada paso que daba se le hundían los pies y le ardía el pecho. El sudor le salía por todos los poros y se quitó las pieles. Inmediatamente, notó que su piel se enfriaba, pero por lo menos ahora se podía mover con más facilidad.

A *Komodo* no le costaba ningún trabajo desplazarse por la arena. Su inmensa cola lo empujaba por la superficie del desierto en línea recta.

«No puedo ganarle a dos patas —pensó Tom—. ¿Qué pasaría si tuviera cuatro?»

*Tormenta* estaba a unos cincuenta pasos de él, así que Tom cambió el rumbo haciendo un gran círculo, con *Komodo* pisándole los talones.

Veinte pasos.

—¡Voy! —le gritó Tom a *Tormenta*—. Espérame, muchacho.

Su caballo debió de entenderle porque se movió ligeramente en la arena para ponerse de espaldas a Tom.

Diez pasos.

Tenía a la Fiera prácticamente encima. Notaba su aliento.

Se apoyó en la grupa de *Tormenta* y dio un salto. Después se arrastró sujetándose a los costados del caballo y consiguió subir a la silla. Con un ligero toque de talones en los flancos, el caballo salió disparado, levantando una nube de arena. Los dientes de *Komodo* se cerraron en el aire, a tan sólo unos centímetros de las patas traseras de *Tormenta*.

Ahora había empezado la persecución.

*Tormenta* galopó por el desierto con *Komodo* muy cerca. Tom miró hacia atrás. Una lluvia de arena helada se levantaba cada vez que la Fiera movía la cola. En sus ojos saltones se veía su furia, y su piel naranja brillaba. Cada vez estaba más cerca.

«Eres muy rápido en línea recta —pen-

só Tom—. A ver qué tal se te da girar.»

Tiró de las riendas de *Tormenta* hacia la izquierda. La Fiera rugió y, con el rabillo del ojo, Tom vio que se esforzaba torpemente en hacer un giro. *Komodo* ahora estaba más lejos. Tom giró a *Tormenta* hacia la derecha. Una vez más, la Fiera no sabía muy bien qué hacer.

—¡Así que ése es tu punto débil! —gritó el chico por encima del hombro.

Tom siguió avanzando en zigzag por el desierto con *Komodo* detrás. La Fiera

empezaba a cansarse y cada vez le costaba más trabajo girar. El muchacho tiró de las riendas una última vez, haciendo que *Tormenta* hiciera un círculo casi completo. *Komodo* no aguantaba más. Con un silbido furioso, dejó caer su cuerpo inmenso hacia un lado y se quedó boca arriba en la arena.

Tom sabía que ésa era la oportunidad que estaba buscando y salió a galope tendido hacia la Fiera derrotada. Mientras *Komodo* hacía un gran esfuerzo por recuperarse, Tom saltó de la silla de *Tormenta* y lo cogió por la cola. Era tan ancha como su cintura.

—¡Te tengo! —gritó.

*Komodo* cerró las mandíbulas con frustración y movió la cola de lado a lado. Tom se agarró con fuerza, apretando los dientes. Si conseguía mantenerse aferrado a la cola, la Fiera no lo podría alcanzar con su boca y sus garras asesinas.

De pronto, el lagarto gigante dejó de luchar. Tom se agarró a la cola con fuerza mientras *Komodo* se ponía rígido. Pasaron unos segundos y después... *Komodo* se alejó. Pero algo no estaba bien.

«Todavía tengo la cola en las manos», pensó Tom.

¡La Fiera había perdido la cola! El chico se acordó de las lagartijas de Errinel, su pueblo natal. Cuando estaban en una situación de peligro, perdían la cola. *Komodo* era igual que ellas.

Tom estaba furioso. Mientras observaba cómo *Komodo* se ponía fuera de su alcance y se alejaba por la superficie helada del desierto, sólo tenía una duda en la cabeza: «¿Ahora qué?».

# CAPÍTULO NUEVE

# EL ABISMO

Elena corrió al lado de su amigo, con *Plata* detrás. Buscó en las alforjas de *Tormenta*, sacó una cuerda y la ató al extremo de una flecha.

—¿Qué haces? —preguntó Tom—. *Komodo* ha huido.

—No por mucho tiempo —contestó Elena.

En cuanto Elena puso la flecha en el

arco, Tom entendió lo que estaba haciendo.

—¡Buena idea! —dijo.

Sin perder un instante, Elena apuntó a la Fiera y disparó la flecha, que salió volando haciendo un arco y arrastrando la cuerda por detrás hasta clavarse en un costado de la piel correosa del lagarto. ¡Por fin había conseguido clavarle una flecha! El otro extremo de la cuerda estaba en la arena y se desenrollaba como una serpiente a medida que la Fiera se alejaba y rugía de rabia.

Casi se había perdido de vista.

Tom alargó la mano, ignorando el dolor de su brazo, y cogió el extremo de la cuerda. Se la pasó dos veces alrededor de la muñeca y se preparó.

—¡Buena suerte! —dijo Elena.

Antes de que pudiera contestar, la cuerda pegó un gran tirón y Tom salió disparado. Cayó de cara en el suelo y se le llenaron la boca y los ojos de arena. Durante un momento, Tom parecía estar asustado. Escupió e intentó parpadear para quitarse la arena de los ojos. La arena le arañaba los brazos mientras la Fiera lo arrastraba de cabeza. El frío le entumecía la piel.

Consiguió ponerse boca arriba, pero la fiera no se detuvo. La cuerda le quemaba la muñeca, aunque no se soltó.

«¡No pienso dejar que te escapes, *Komodo*!»

Tom se dio de nuevo la vuelta y consiguió ponerse de rodillas en la arena. Con un gran esfuerzo, se puso el escudo debajo de las rodillas y se subió encima, quitándose la arena con una patada. Era como esquiar por el desierto.

Empezó a tirar de la cuerda, acercándose cada vez más a la Fiera y acortando la distancia que los separaba. *Komodo* lo arrastraba por una cuesta hacia la cima

de una duna, y Tom no veía lo que había al otro lado. La Fiera movía las patas traseras de lado a lado, intentando inútilmente desclavar la punta de la flecha y deshacerse de su pasajero. Tom trataba de sujetarse, pero el dolor que sentía en los hombros era insoportable.

«Mi plan no va a funcionar —pensó—. Aunque consiga acercarme a la Fiera, no tengo mi espada para luchar con ella.»

De pronto, la Fiera giró a la izquierda. La inercia hizo que el chico saliera arrastrado hacia la cima de la duna mientras la cuerda se destensaba. Inmediatamente, entendió por qué *Komodo* había girado. El desierto se terminaba allí, y más allá estaba el vacío.

Aquello no era una duna. ¡Era un precipicio y Tom iba directo hacia el borde!

La cuerda se volvió a poner tensa y Tom notó que su cuerpo giraba de golpe. Ahora tenía un pie colgando por el borde del precipicio. Por una fracción de segundo consiguió ver lo que había abajo. La superficie de la roca bajaba hasta un abismo más profundo que cualquier cañón de Avantia.

A duras penas, consiguió mantener el equilibrio sobre un pie, mientras el otro colgaba por encima del precipicio. Después, notó que la Fiera volvía a tirar de él. Un poco más y hubiera caído a una muerte segura.

Pero lo que había visto le dio una idea. Se desenrolló la cuerda de la muñeca y se quedó inmóvil en el surco que había excavado *Komodo* al pasar. La Fiera no pareció notar que se había soltado y continuó su camino por la arena negra. Tom se puso el escudo por delante.

«Si consigo que venga hacia mí, a lo mejor logro vencerla.»

Con su mano libre, empezó a dar golpes en la superficie del escudo todo lo fuerte que pudo.

La Fiera aminoró la marcha.

—¡Vuelve! —gritó Tom dando otro golpe en el escudo. El ruido hizo eco en el desierto.

En ese momento vio que Elena se dirigía hacia él montada en *Tormenta*.

—¡Tom! —gritó—. ¿Qué quieres que haga?

Sabía que Elena todavía estaba demasiado lejos y no podía ver el borde del precipicio.

—¡Quédate atrás! —chilló—. ¡Sé lo que estoy haciendo!

Golpeó el escudo con la palma de la mano una vez más y *Komodo* empezó a correr hacia él. Tom oyó el viento que silbaba desde las profundidades del precipicio y se sentía como si estuviera al borde del fin del mundo.

—¡Vamos, salvaje! —gritó entre dientes.

La Fiera atacó. Su musculoso cuerpo debía de pesar tanto como una carreta tirada por cuatro caballos y se dirigía directamente hacia Tom. *Komodo* hinchó la piel de la garganta y abrió las mandíbulas, listo para tragarse a su presa.

El muchacho aguantó firmemente hasta que vio su propio reflejo en los ojos brillantes de la Fiera. Entonces se echó hacia un lado. ¡Pero no lo suficiente! Cuando *Komodo* se abalanzó sobre él, notó su aliento apestoso y sus escamas ásperas que le rasgaban la piel. Gritó de dolor y se retorció, intentando agarrarse a algo. El grito de Elena cortó el sonido de los rugidos de *Komodo* y el mundo empezó a dar vueltas. Tom cerró los dedos y cogió algo duro, su codo crujió.

Abrió los ojos: colgaba de un saliente de la roca. Por debajo de él estaba el vacío y *Komodo*, que caía a toda velocidad abriendo las mandíbulas frenéticamente. Tom no quería mirar, pero no podía apartar la vista. Cuando *Komodo* chocó contra el suelo, una nube de polvo lo envolvió durante un momento, y cuando se desvaneció, Tom vio que la Fiera estaba allí abajo, mirándolo fijamente.

«¿Es que esta Fiera no se muere nunca?», se preguntó mientras miraba a su enemigo.

En ese momento, oyó un gruñido. *Komodo* se convulsionó y se cayó hacia un

lado como un árbol talado con un golpe fuerte.

La Fiera había muerto y Tom había podido finalizar la primera Búsqueda.

«Todavía tengo que conseguir salir de aquí», pensó. Logró poner la otra mano en la superficie de la roca y elevarse un poco. De pronto, una mano le sujetó la muñeca, y detrás de ella, apareció la cara sonriente. Elena.

—¡Estás vivo! —dijo.

—Más o menos —contestó Tom intentando sonreír. Tenía la ropa rasgada y la Fiera le había hecho un buen corte en las costillas por el que sangraba.

Elena lo subió hasta ponerlo a salvo.

—Cuando te vi caer, pensé que... creía que estabas...

—Yo también —afirmó Tom dejándose caer en la arena agotado.

—¡Mira! —dijo Elena asomándose por el borde del precipicio—. *¡Komodo!*

A Tom el corazón le dio un vuelco.

«¡Es imposible que la Fiera se haya vuelto a levantar!»

Vio que Elena estaba asomada al precipicio y se acercó hasta donde ella se encontraba.

En el fondo del precipicio se había asentado el polvo y no se veía a *Komodo* por ningún lado, pero en el lugar donde había caído la Fiera había cientos de pequeños lagartos que corrían por el suelo.

El lagarto gigantesco que había atemorizado el desierto de Kayonia había desaparecido para siempre.

# CAPÍTULO DIEZ

# UN VISITANTE INOPORTUNO

*Plata* escarbaba frenéticamente en la arena cerca de los Cactus Negros. Tom lo ayudó y pronto encontró su espada.

—Te dije que *Plata* tenía el mejor olfato de toda Avantia —dijo Elena rascando al lobo por detrás de las orejas.

—¡El mejor de Kayonia y de todos los reinos! —contestó Tom apartando la arena y poniéndose muy contento al sentir entre los dedos la empuñadura fría de su espada—. Todavía tenemos que hacer algo más.

Tom se acercó a uno de los Cactus y cortó una rama de la planta con la espada. Después, la sujetó con cuidado y le quitó las espinas con el filo. Con eso tendrían suficiente medicina para los nómadas.

«Y también para la poción de Marc que ayudará a mi madre», pensó.

De pronto, la arena empezó a moverse y aparecieron dos huellas.

—Aquí está Marc, justo a tiempo —le dijo Elena dando un paso adelante para recibir a su amigo. Pero la silueta que estaba formándose era más alta que el aprendiz de Aduro y llevaba una túnica morada que Tom reconoció inmediatamente. Elena se quedó inmóvil.

—¡Velmal! —exclamó Tom.

*Tormenta* pateó la arena con su casco delantero y agitó las crines.

Al lado del Brujo malvado apareció otra figura, y al verla, a Tom le latió el corazón con fuerza. Era Freya, que estaba tumbada en el suelo cerca de los pies del Brujo Malvado y se apoyaba débilmente sobre un codo. Su armadura estaba llena de abolladuras y tenía un color grisáceo, y su pelo, negro como el azabache, le caía por encima de la cara.

—¡Madre! —le dijo Tom poniéndose de rodillas y observando la cara pálida de Freya. Sus ojos no brillaban y Tom no sabía si lo podía ver o no.

—Ya ves, Tom —dijo Velmal—. Puede

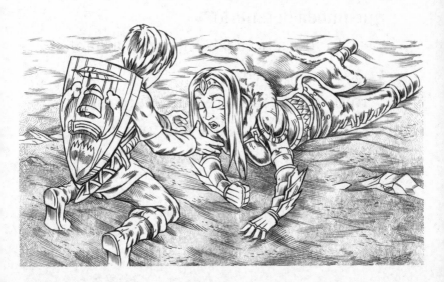

que hayas ganado a *Komodo*, pero tu patética Búsqueda pronto llegará a su fin.

El muchacho intentó calmar su rabia y su pena.

—No pienso rendirme —contestó—. No, mientras mi madre siga con vida.

—La vida de tu madre está en mis manos —se burló Velmal— y puedo apagarla como una vela cuando me plazca.

—¡No lo vamos a permitir! —gritó Elena.

Tom estaba perdiendo las esperanzas y se sentía vacío.

«¿Tendrá razón Velmal? ¿No hay nada que pueda detenerlo?»

—No lo escuches —dijo una amable voz.

Tom se volvió y vio que Marc estaba en la arena detrás de él. El joven brujo sujetaba un caldero negro en las manos.

—Velmal no ganará si tú continúas

con la Búsqueda —añadió levantando el caldero—. Pon un poco del jugo del Cactus aquí.

Tom avanzó hacia Marc, pero Velmal se interpuso en su camino con los puños en alto. Tom no se detuvo y notó un cosquilleo en la piel al atravesar la visión del Brujo malvado. El chico clavó la mirada en los ojos llenos de odio de Velmal mientras estrujaba el trozo de Cactus encima del caldero. Unas gotas del valioso jugo cayeron dentro.

—Con eso es suficiente —dijo Marc—. Ahora debo irme. La Reina Guerrera me necesita.

—Sí, corre, aprendiz —le espetó Velmal—. Y dile que pienso apoderarme de su reino o destruirlo.

Pero Marc ya se había ido.

Tom desenvainó su espada y apuntó con su filo al cruel brujo.

—Mientras la sangre corra por mis venas —gritó—, ¡nunca triunfarás en Kayonia!

La cara de Velmal se arrugó con una expresión de burla y le puso una mano a Freya en el hombro.

—Qué palabras más valientes, muchachito —dijo—. Pero nunca conseguirás salir vivo de este reino. ¡Tú y tu madre moriréis aquí!

Elena, *Plata* y *Tormenta* se acercaron a Tom. Juntos se enfrentarían a su enemigo.

—Estoy preparado para lo que haga falta —dijo Tom cogiendo las riendas de *Tormenta* y subiéndose a su montura—. ¿Estás lista? —le preguntó a Elena.

—Vamos a llevar la medicina a los nómadas y a devolverles las pieles —contestó la muchacha subiéndose detrás de él.

Velmal movió una mano haciendo aparecer una ráfaga de arena negra. Cuando el viento cesó, él y Freya habían desaparecido.

Tom llevó a *Tormenta* hacia el desierto. Sabía que su Búsqueda en Kayonia no había hecho más que empezar.

# ACOMPAÑA A TOM EN SU SIGUIENTE AVENTURA DE *BUSCAFIERAS*

# Enfréntate a las Fieras.
# Vence a la Magia.

**www.buscafieras.es**

¡Entra en la web de *Buscafieras*!

Encontrarás información sobre cada uno de los libros,
promociones, animación y las últimas novedades sobre
esta colección.

Fíjate bien en los cromos coleccionables que regalamos
en cada entrega. Cada uno de ellos tiene un código
secreto en el reverso que te permitirá tener acceso
a contenidos exclusivos dentro de la página
web de *Buscafieras*.

¿Ya tienes todos los cromos?
¡Atrévete a coleccionarlos todos!

# ¡Consigue la camiseta exclusiva de **BUSCAFIERAS**!

Sólo tienes que rellenar **4 formularios** como los que encontrarás al pie de esta página de **4 títulos distintos** de la colección Buscafieras. Envíanoslos a EDITORIAL PLANETA, S. A., Área Infantil y Juvenil, Departamento de Marketing (BUSCAFIERAS), Avda. Diagonal, 662-664, 6.ª planta, 08034 Barcelona

**Promoción válida para las 1.000 primeras cartas recibidas.**

---

Nombre del niño/niña: .......................................................................................................................................

Dirección: ...........................................................................................................................................................

Población: ........................................................................................... Código postal: ...............................

Teléfono: ................................................... E-mail: .......................................................................................

Nombre del padre/madre/tutor: ...................................................................................................................

☐ Autorizo a mi hijo/hija a participar en esta promoción.

☐ Autorizo a Editorial Planeta, S. A., a enviar información sobre sus libros y/o promociones.

Firma del padre/madre/tutor:

**BUSCAFIERAS Nº 31 PRUEBA DE COMPRA**

---